I. GILLES

LES
MURS DE CLOTURE
DE MARSEILLE

MARSEILLE

TYPOGRAPHIE ET LITHOGRAPHIE CAYER ET Cⁱᵉ

Rue Saint-Ferréol, 37

—

1872

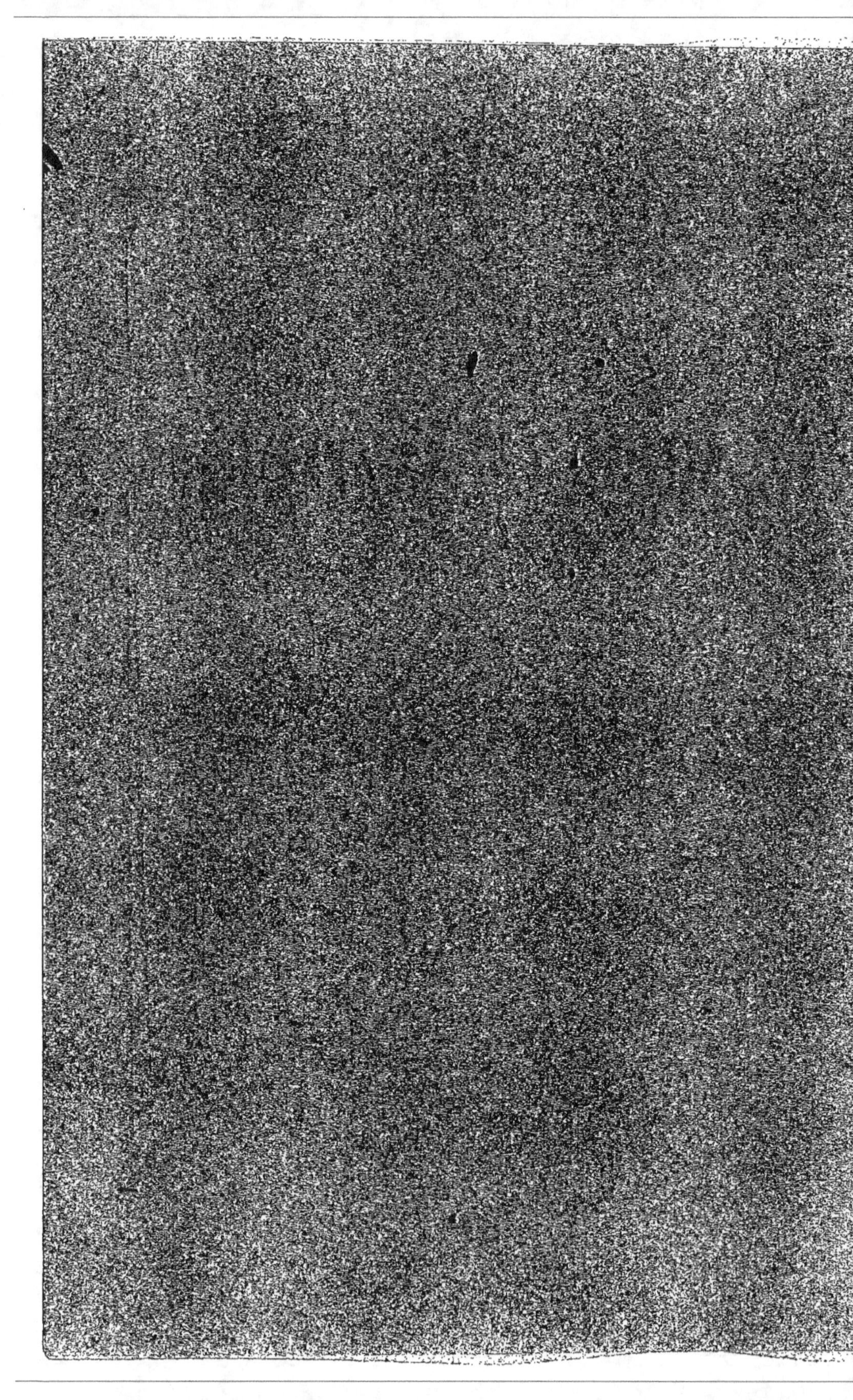

LES MURS DE CLOTURE

DE MARSEILLE (1)

Les murs qui entourent les campagnes du territoire de Marseille ont été élevés pour clore les héritages; mais indépendamment de cette destination spéciale d'un produit négatif, ils pourraient être garnis sur la plus grande partie de leur surface, d'espaliers ou de treilles qui rendraient leur aspect moins monotone, et leur service essentiellement rémunérateur.

Ils seraient dès lors utilisés comme abris, et les abris à Marseille, comme dans toute la Provence où les vents ont une très grande violence, sont un des plus puissants auxiliaires de l'horticulture ; abriter un arbre, c'est, en raison de la concentration et de l'accumulation des rayons solaires, accroître non seulement sa force productrice en lui assurant son maximum de développement, mais c'est encore donner à ses fruits la plus grande somme possible de couleur et de saveur ; aussi est-ce le cas d'appliquer aux abris l'aphorisme de M. de Gasparin que : « si deux de chaleur, multipliés par deux d'humidité, font quatre, les mêmes éléments multipliés par quatre font seize. »

Les murs ont l'inconvénient de faire tourbillonner le vent ; malgré cela ils sont préférables comme abris aux haies d'aubépine et aux allées de cyprès, qui servent de retraite aux insectes, dévorent beaucoup de terrain avec leurs racines et projettent derrière elles une ombre meurtrière.

---

(1) Extrait du *Manuel d'Agriculture* (sous presse).

ORIENTATION.

La meilleure orientation des murs est celle du midi;
celle du couchant vient après, puis celle du levant, et enfin celle du nord. Toutes ces expositions peuvent être
plantées d'arbres fruitiers, mais leur puissance de production est en raison de la chaleur que chacune d'elles
reçoit.

Les fruits précoces mûrissent à toutes les expositions;
il n'en est pas de même des fruits tardifs : ceux-ci exigent impérieusement les positions privilégiées qui se rap-
prochent le plus du méridien.

Il faut donc, si l'on veut utiliser toutes les expositions,
planter les fruits précoces au nord; ils profiteront, pour
mûrir, des rayons solaires qui tombent d'aplomb dans
la saison d'été, et réserver le levant, le couchant et le midi
pour les fruits tardifs d'automne et d'hiver, auxquels
suffisent à peine les chaleurs accumulées de l'été.

Nous n'entendons pas, par ce qui précède, conseiller de
planter toujours et partout les fruits précoces au nord,
mais indiquer quelle qualité de fruits peut mûrir à chaque exposition, et que le nord lui-même, s'il n'est pas
trop fatigué par le vent et ombragé par de trop grands
murs, peut encore être employé utilement en plantation
de fruits précoces qui viendront à maturité malgré cette
désavantageuse exposition.

PRODUIT DES MURS DE CLÔTURE

Sans vouloir comparer le produit des murs de Paris
qu'on évalue à un franc le mètre carré, avec ce que pourraient rendre ceux de Marseille, il faut reconnaître cependant que ces derniers représenteraient, s'ils étaient plantés, une somme de production d'autant plus importante
qu'on n'aurait pas à tenir compte des frais de premier
établissement qu'ils paient déjà comme clôture.

Chaque propriétaire pourra s'en rendre compte par le profit ou par l'augmentation de bien-être qu'il en retirera, mais nous croyons être au dessous de la vérité en l'appréciant en moyenne à un franc le mètre courant.

SURFACE DES MURS.

Il est difficile d'apprécier d'une manière exacte les surfaces utilisables des murs de Marseille ; nous croyons nous rapprocher de la vérité en supposant que trois mille hectares de terres entourées de murs forment six mille enclos d'un demi-hectare chacun ; ceux-ci, multipliés par trois cents qui serait la longueur des murs de chaque enclos, donnent une longueur de un million deux cent mille mètres, lesquels multipliés par deux mètres cinquante centimètres, hauteur moyenne des murs, produisent quatre millions cinq cent mille mètres carrés.

Quel que soit le chiffre qu'on défalque de ce nombre pour les surfaces longeant les chemins et toutes les autres non-valeurs, on ne descendra pas au dessous de deux millions de mètres carrés utilisables pour les plantations, lesquels constitueraient à nos yeux le principal élément de la richesse fruitière du territoire de Marseille.

ETABLISSEMENT DES TREILLIS

Les murs destinés aux espaliers doivent être garnis de treillis en fil de fer n° 15, espacés de 0,50 cent. pour les cordons horizontaux, et de 0,35 cent. seulement pour les palmettes et les treilles. Ces fils de fer sont raidis au moyen du tendeur Collignon, ou simplement allongés le long du mur et soutenus sur des clous, fiches ou crampons, dont la tête est percée d'un trou, et arrêtés aux deux extrémités. On ne pose les fils de fer que successivement et à mesure que l'arbre grandit, et dans la plupart des cas, le même fil de fer sert pour former l'arbre dans toute sa hauteur, en le relevant tous les ans d'un étage.

CRÉPISSAGE DES MURS.

Lorsque les crampons pour soutenir les fils de fer sont placés, on procède au crépissage des murs, pour boucher les trous ou crevasses pouvant servir d'abris aux escargots et aux insectes, car il n'est plus possible de faire cette opération sans dégrader les arbres lorsque la plantation est faite.

ÉPOQUE DE LA PLANTATION.

L'automne est la meilleure époque pour les plantations; on peut planter depuis la chute des feuilles jusqu'aux premiers jours du printemps où les bourgeons s'épanouissent. Mais il y a une différence sensible entre les arbres plantés tardivement et ceux plantés de bonne heure, ces derniers profitant de l'hiver pour émettre leurs racines qui poussent pendant toute cette saison.

PLANTATION.

On creuse au pied du mur et à une distance suffisante, pour ne pas compromettre sa solidité, une fosse longitudinale de un mètre de large sur 0,80 cent. de profondeur ; lorsqu'on veut planter, on recomble cette fosse d'une couche de 0,40 cent. de terre, sur laquelle on met un bon lit de fumier qu'on recouvre de nouveau de 0,10 cent. de terre ; on place alors le sujet sur le recomblement, et on terrasse, en ayant soin de bien tasser la terre à l'entour des racines qu'on a eu préalablement le soin de rafraîchir et de raccourcir.

DISTANCES DU MUR.

Les sujets doivent être plantés à 0,10 cent. du mur afin que l'air puisse librement circuler tout à l'entour, et que l'arbre ait assez d'espace pour pouvoir se remplir de tous côtés de productions fruitières.

CHOIX DES ESPÈCES.

Tous les arbres fruitiers peuvent être plantés en espaliers.

Les *Pêchers* donnent les fruits les plus abondants, les plus beaux et les plus savoureux, qu'ils soient conduits en palmettes ou en cordons obliques. Mais à moins d'être en terrain non arrosé, et greffés sur amandier, ils durent trop peu de temps pour la peine que donne leur conduite, laquelle exige de plus, pour les palmettes, l'expérience consommée d'un habile horticulteur.

Le *Cerisier* en espalier se prête merveilleusement à la taille en palmettes; il est mieux encore plus éloigné du mur en contre-espalier. Les enclos de Marseille sont trop petits pour être employés à cette culture qui exige de grandes surfaces ; cependant les jardiniers qui s'y livreront en retireront grand profit, l'arbre ainsi conduit étant très productif, la cueillette facile et la vente du fruit toujours avantageuse.

Nous ne mentionnerons le *Prunier* et le *Pommier* que pour mémoire : la Reine-Claude ne fructifie que dans les terrains profonds, et n'exige pas alors une culture spéciale. Les pommiers à plein vent sont dans les mêmes conditions, tandis que les pommiers-nains moins exigeants fructifient dans toutes les terres et dans toutes les situations.

Les *Poiriers* n'ont pas les mêmes inconvénients ni les mêmes exigences, mais pour profiter avantageusement des expositions privilégiées auxquelles nous les destinons, il faut ne planter que les variétés les plus précoces, comme la Mirette, etc., etc., ou les plus fructifères et qui donnent les plus beaux fruits, comme la nombreuse tribu des beurrées.

On peut ajouter comme poire d'hiver la Royale, greffée sur coignassier, le Doyenné, etc.

Il faut rejeter de l'espalier comme prenant de trop grandes dimensions, toutes les variétés donnant des fruits petits ou de moyenne grosseur, la Crémésine, le Sucré vert, etc., qui seront mieux placés dans le milieu des jardins et conduits en plein vent.

Le poirier est donc l'arbre qu'il faut choisir de préférence pour garnir les murs de Marseille.

Enfin les *Treilles*, soit pour la vente du raisin, soit comme provision de maison, soit même pour la fabrication des vins de liqueur pour la famille, occuperont utilement les treillages des murs. Chacun pourra choisir dans les nombreuses variétés de raisins, celles qui conviendront le mieux à l'emploi qu'il veut en faire.

FORMES A DONNER AUX ARBRES.

La *Palmette* est la forme la plus élégante et la plus productive à donner aux arbres; mais il lui faut quatre et même cinq ans pour couvrir toute la surface qui lui est destinée; le sujet n'arrive par conséquent à son plein développement et à se couvrir complètement de productions fruitières qu'à la sixième ou septième année. Cette forme exige d'ailleurs les soins assidus d'un praticien intelligent et ne saurait convenir par conséquent à la plupart des jardiniers qui veulent jouir tout de suite, et qui ne sauraient ou ne voudraient donner à la palmette tous les petits soins qu'elle exige.

Il faut donc laisser cette forme, la plus savante et la plus élégante de toutes, aux amateurs émérites qui voudront se donner la jouissance d'un fruitier de premier ordre.

Les *cordons obliques* inclinés à 0,45 degrés n'ont pas les mêmes inconvénients : les arbres sont plutôt à fruit parce que la sève est condensée sur une seule tige, et qu'on peut se servir pour cette forme de sujets de deux et même de trois ans de greffe qu'on trouve tout venus chez les pépiniéristes.

On les plante en leur conservant toutes leurs branches qu'on se contente de raccourcir ; leur entretien est facile ; il consiste à pincer les branches qui affecteraient l'horizo tale, à écimer tous les ans la branche terminale au tiers de la longueur du bois nouveau, et à faire suivre à l'ensemble du sujet la ligne inclinée qu'on peut d'avance lui tracer sur le mur. On plante les sujets des cordons obliques, à 0,40 c. les uns des autres.

Les fils de fer ne sont pas absolument nécessaires pour maintenir les cordons obliques dans leur inclinaison normale. On peut se contenter de palisser tous les ans la tige supérieure à la *loque*, c'est-à-dire au moyen d'un chiffon d'étoffe arrêté par un clou ; on économise ainsi la dépense du treillage.

POIRIERS EN CORDON OBLIQUE.

1re taille. 2e taille. 3e taille.

Les *cordons verticaux doubles* exigent encore moins de

soins que les cordons obliques ; ils n'ont besoin ni de fil de fer, ni de palissage, puisqu'il suffit de laisser monter le sujet sur deux tiges parallèles garnies de tous côtés de productions fruitières. La taille consiste à maintenir ces deux tiges sans bifurcation aucune, et à raccourcir tous les ans la pousse terminale des 2/3 de sa hauteur. On plante les sujets des cordons verticaux doubles à 0,80 c. les uns des autres.

On trouve pour les cordons verticaux doubles, comme pour les cordons obliques, des sujets tout établis dans les pépinières ; à défaut, on doit, comme pour toutes les formes, planter des baguettes d'un an de greffe, qui sont garnies de bons yeux, pour fournir les branches qu'on désire.

POIRIERS en CORDON VERTICAL à double t'ge.

Nous préférons les cordons verticaux doubles et nous les conseillons de préférence à toutes les autres formes parce que celle-ci peut être plus facilement livrée à l'ignorance et à la routine des jardiniers.

LES TREILLES.

Les ceps de vignes seront plantés à un mètre les uns des autres et conduits en cordons horizontaux, dits à la Thomery, sur des fils de fer espacés de 0,35 cent. Chaque souche formera deux cordons distincts et séparés, partant du même point, l'un à droite, l'autre à gauche et n'empiétant jamais sur l'inférieur ni sur le supérieur ; on empêchera ainsi les sarments de s'entremêler et la sève de se perdre en gourmands inutiles, tout en obtenant un maximum de production. Chaque cordon sera séparé du cordon suivant par une distance de 0,70 cent. ayant ainsi deux fils de fer pour appui, l'un pour le tronc de la cursonne, et l'autre pour les sarments, lesquels seront maintenus à cette hauteur de 0,70 cent. par des pincements successifs.

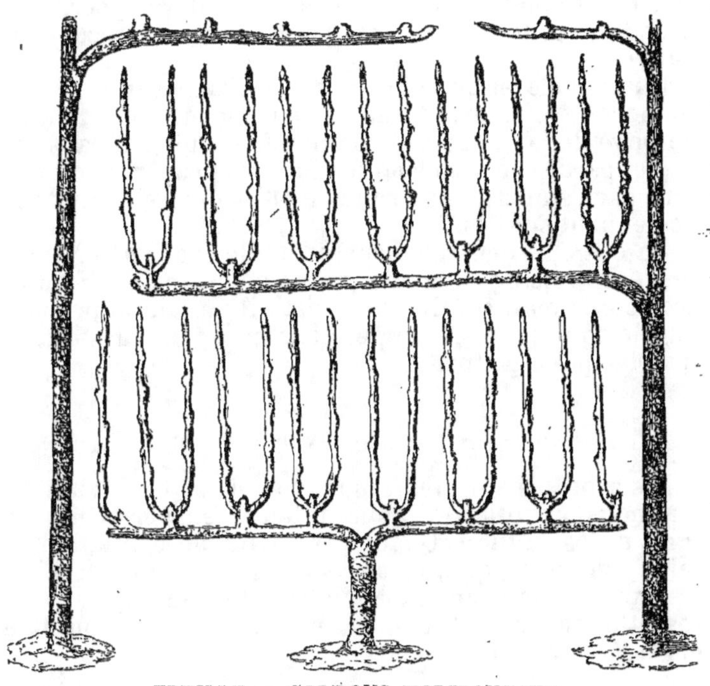

TREILLE en CORDONS HORIZONTAUX.

Chaque cépage demande une taille appropriée à sa constitution; ceux qui produisent le raisin à la première ou à la seconde bourre, doivent être taillés court. Ceux au contraire qui font beaucoup de bois, comme les Madeleines, dont les premières bourres sont stériles, le fruit ne venant qu'au dessus de la quatrième bourre, doivent être taillés à 5 ou 6 yeux. Quel que soit le mode de taille, il faut pincer de bonne heure, dès que les fruits ont noué et sur deux feuilles au moins les tiges provenant des yeux supérieurs de chaque courson, et continuer ensuite les pincements à mesure que le sarment grandit, pour donner à l'œil inférieur qui doit former la tige de remplacement, le temps de se développer, et de prendre une force suffisante pour assurer la récolte suivante.

On peut élever aussi les vignes en *Palmettes* et ce serait le mode le plus avantageux ; mais nous avons toujours éprouvé de la difficulté à maintenir l'équilibre dans toutes les parties de la souche, les branches supérieures finissant par l'emporter sur celles du bas qui se dénudent et deviennent stériles.

On épampre généralement les treilles pour hâter la maturité du raisin ; c'est une opération avantageuse et qui accélère la maturité du fruit ; mais il ne faut la pratiquer que lorsque le raisin purge, sans quoi il se dessèche et n'arrive pas à maturité.

SOINS A DONNER AUX PLANTATIONS.

Les arbres étant très rapprochés dans les plantations que nous proposons, il ne faut leur ménager ni les engrais ni les cultures. Quant aux détails de plantation, de taille, etc., etc., qu'il serait trop long d'expliquer ici, on les trouvera longuement détaillés dans l'ouvrage de notre regretté maître M. Brémond, et dans celui de son digne élève M. Faudrin.

CONCLUSION.

Les murs de Marseille, couverts d'arbres fruitiers ou de treilles, n'auront plus cet aspect triste et lugubre des cimetières. Leur produit paiera l'intérêt d'une partie de la dépense faite pour leur construction, et le marché de la ville sera abondamment pourvu de beaux et bons fruits, si rares et si chers aujourd'hui.

La taille et la conduite des arbres qui les couvriront est simple, à la portée de tous les jardiniers ; enfin la cueillette des fruits pouvant se faire à la main et sans échelle, sera facile et, partant, économique. Il faut donc se hâter de pratiquer cette amélioration aussi profitable aux producteurs qu'aux consommateurs.

LÉGISLATION, USAGES ET JURISPRUDENCE

—

« Dans les villes et les campagnes, tout mur servant
« de séparation entre bâtiments, jusqu'à l'héberge, et
« entre cours et jardins, et même entre enclos dans les
« champs, est présumé mitoyen, s'il n'y a titre ou marque
« contraire (*Code Civil*, art. 653). »

« Il y a marque de non mitoyenneté lorsque la som-
« mité du mur est droite, et à plomb de son paremen
« d'un côté. et présente de l'autre un plan incliné.

« Lors encore qu'il n'y a que d'un côté ou un chaperon
« ou des filets et corbeaux de pierres qui y auraient été
« mis en bâtissant le mur.

« Dans ce cas, le mur est censé appartenir exclusive-
« ment au propriétaire du côté duquel sont l'égout ou les
« corbeaux et filets de pierre (*Ibid.*. art. 654). »

Il faut donc, si l'on veut conserver entière la propriété d'un mur, donner à sa partie supérieure, à son faîte, une forme inclinée versant tontes ses eaux dans le sol auquel il appartient, plutôt que la forme aiguë du dos d'âne, qui rejetant sans droit, la moitié de l'égout chez le voisin, constitue en faveur de celui-ci le principe du droit de prescription.

« Chacun peut contraindre son voisin, dans les villes

« ёt dans les faubourgs, à contribuer aux constructions
« et réparations de la clôture faisant séparation de leurs
« maisons, cours et jardins assis ès-dites villes et fau-
« bourgs. La hauteur de la clôture sera fixée suivant les
« règlements particuliers et les usages constamment
« reconnus, etc., etc. *(Ibid.* art. 663). »

« Cet usage l'a fixée à Marseille à dix pans, deux mètres
« cinquante centimètres et à un pan et demi d'épaisseur
« (Bomi). » A la base, bien entendu, le mur n'ayant
plus qu'un pan, vingt-cinq centimètres, de chaque côté,
au dessus des fondations. (DUBREUIL par TARDIF et COHEN,
t. Ier, p. 44).

La première partie de l'article 653 soulève l'importante
question de savoir ce que c'est qu'une ville, où s'arrête
la limite des faubourgs, et dans quel cas par conséquent
le voisin peut être contraint de contribuer aux frais de
construction de la clôture faisant la séparation des héritages.

La ville est-elle d'une manière absolue, comme quel-
ques-uns le prétendent, une agglomération de 3,000 âmes,
et la zone de l'octroi, ou telle autre ligne idéale, constitue-
t-elle la limite du faubourg ? Nous ne le pensons pas.
Nous croyons que le législateur a été bien inspiré en ne
posant ni chiffres ni limites certaines et déterminées à
l'appréciation du juge. Telle agglomération, station d'eau
thermale, de bains de mer, etc., etc., peut n'avoir pas
une population aussi considérable, et cependant être
qualifiée de ville par le juge de paix pour y rendre la
clôture obligatoire, en raison de la cherté du terrain, des
habitudes et des besoins des populations, etc., etc., tandis
que, par des motifs contraires, la clôture pourra ne pas
être reconnue obligatoire dans une agglomération de
3,000 âmes qui n'a de ville que le nom, sans en avoir ni
les besoins, ni la richesse.

Le rayon de l'octroi ne peut pas davantage être consi-
déré comme la limite des faubourgs ; c'est une ligne
idéale, qui n'a de réel que le cordon de ses gardiens, et
ne peut créer d'autres droits que ceux déterminés par la
loi.

Une latitude absolue est donc laissée au juge, sur la détermination du nom de ville et sur la limite à assigner au faubourg, et cette latitude est nécessaire à Marseille surtout, où se forment chaque jour d'importantes agglomérations qui tendent à envahir tout le territoire.

« Si les divers fonds sont également clos, l'inégalité « de hauteur devient indifférente ; le propriétaire de « l'enclos dont le sol est plus élevé, construit et entre-« tient à ses frais le mur qui soutient le terrain ; mais le « mur de clôture construit sur le mur de terrasse qui « sert de fondement est toujours réputé mitoyen *(Ibid.* « p. 48). »

La solution de Dubreuil serait équitable si l'inférieur ne retirait aucun profit du mur de terrasse, mais elle ne l'est pas s'il en profite, comme d'un mur de clôture, et surtout s'il veut y appuyer des espaliers ou y faire des plantations au delà de la distance légale ; car il n'a aucun droit sur cette partie du mur, et il n'y a plus entre lui et son voisin, sur la limite duquel il se trouve, de communauté d'intérêts qui établisse entre eux des droits de bon voisinage.

Pour que l'inférieur pût profiter du bénéfice d'appui et du droit de planter des espaliers au pied même de la terrasse, il faudrait qu'il fournît son pan et demi de terrain comme pour l'emplacement d'un mur, et qu'il contribuât dans les frais d'établissement de la terrasse, pour une somme équivalente à celle qu'il aurait payée pour sa moitié dans la construction d'un mur. Cette dernière somme une fois payée, l'entretien restant à perpétuité à la charge du supérieur, et l'inférieur n'étant plus tenu que pour sa moitié des réparations du mur supérieur à la terrasse, dont il aurait aussi payé la moitié.

« Le talus et la rive appartiennent toujours au *soubei-* « *ran*, ainsi que les arbres qui la bordent. Si en faisant « son mur, le soubeiran a laissé le *recousset*, le voisin « doit laisser cette partie intacte, et il ne lui est pas « permis d'y étendre ses cultures, puisqu'elle ne lui

« appartient pas; la largeur du *recousset* est de 18 pouces
« (*Ibid.*) »

Peut-on s'exonérer de l'entretien d'un mur de clôture en abandonnant la mitoyenneté? La Cour de Cassa-
tion s'est prononcée pour l'affirmative, mais le projet de
Code rural de Napoléon Ier, liv. II, tit IV, § Ier, portait que
dans les villes dont la population excède 3,000 âmes, « les
« co-propriétaires des murs mitoyens ne peuvent se dis-
« penser de contribuer à leur réparation en abandonnant
« le droit de mitoyenneté. »

Demolombe, *Traité des servitudes*, partage cette opinion
(voir Tavernier, *Usages et Règlements locaux*), qui est aussi
la nôtre ; et tirant du principe toutes ses conséquences
nous pensons que, dans l'hypothèse du mur obligatoire,
le propriétaire d'un terrain *clos de tous côtés* par son fait
ou par celui de ses voisins, doit être contraint à l'achat
de la mitoyenneté, et par conséquent à l'entretien des
murs, aux frais de construction desquels il n'aurait pas
contribué, s'il retire utilité ou profit de cette clôture ; il
ne serait pas équitable, en effet, qu'une augmentation
quelconque de richesse lui fût acquise aux dépens de
ses voisins, dont il finirait tôt ou tard par usurper les
droits.

« Il n'est permis de planter des arbres de haute tige
« qu'à la distance prescrite par les règlements particuliers
« actuellement existants, ou par les usages constants et
« reconnus ; et à défaut de règlements et usages, qu'à la
« distance de deux mètres de la ligne séparative des
« deux héritages pour les arbres à haute tige, et à la
« distance d'un demi-mètre pour les autres arbres et les
« haies vives (*Code Civil*, art. 671). »

« Le voisin peut exiger que les arbres et haies plantés
« à une moindre distance soient arrachés.

« Celui sur la propriété duquel avancent les branches
« des arbres du voisin peut contraindre celui-ci à couper
« ces branches.

« Si ce sont les racines qui avancent sur son héritage,
« il a droit de les y couper lui-même (*Ibid.*, art. 672). »

« Bomi prétend que « les fruits de l'arbre qui penche
« sur le fond du voisin doivent être communs et égale-
« ment divisés entre ceux qui possèdent ces deux pos-
« sessions. Mais le Code Civil ne s'étant pas expliqué sur
« cet objet, il faut en conclure que le voisin a seulement
« le droit de demander que l'arbre soit arraché (DUBREUIL,
« p. 15). »

Pardessus professe une opinion qui mitigerait la
rigueur de ces prescriptions,

« On n'est pas toujours admis, dit-il, à demander l'enlève-
« ment d'un arbre qui n'est pas à la distance légale si dans
« le fait il ne porte aucun préjudice ; en un mot, il n'est
« pas permis d'user d'un droit quelconque, sans profit
« pour soi, et d'une manière nuisible à autrui (PARDESSUS,
« n° 174). » Mais si ces principes sont vrais dans leur
acception générale, il serait dangereux de les interpréter
judaïquement dans les villes où les intérêts et les besoins
sont tout autres qu'à la campagne.

Nous pensons qu'il vaut mieux, pour les arbres de
haute futaie, que chacun reste dans son droit, et ne
plante qu'à deux mètres de l'héritage voisin : car outre
le préjudice porté *aux édifices du voisin*, il y a dans les
villes des questions de jour, de salubrité et d'agrément
que chacun apprécie comme il l'entend, et qui ne
peuvent par conséquent être laissées à l'appréciation du
juge. Il n'en est pas de même pour les autres arbres et les
haies vives.

Desgodets prétend « qu'on ne peut appliquer un espa-
« lier contre le mur s'il est mitoyen ; qu'il faut laisser
« dans ce cas, une distance de six pans si le mur appar-
« tient au maître du jardin, et de dix-huit pouces s'il
« appartient au voisin. Mais son annotateur reconnaît
« qu'il n'y a pas de distance fixée ; que, dans l'usage, on
« n'en observe aucune, même pour les plates-bandes con-
« tre les murs divisoires ; qu'il suffit que les racines ne
« pénètrent pas dans le mur et que les branches n'y
« soient point attachées *(Ibid , p. 10). »

La pratique n'admet même pas ces restrictions ; en

vertu de la communauté d'intérêt qui crée entre le propriétaire des droits de bon voisinage ; elle veut que les murs mitoyens puissent être plantés d'espaliers appuyés et attachés contre le mur.

C'est un usage équitable, généralement admis, profitable au développement de la richesse publique, et, qui a force de loi dans tout le territoire de la commune de Marseille.

GILLES.

MARSEILLE. — Typ. et Lith. CAYER & Cⁱᵉ, rue Saint-Ferréol, 57.